AVENTURA
EN LA NIEVE

MIXTO
Papel procedente de
fuentes responsables
FSC® C117695

Título original: *Emily Eyefinger and the black volcano*
Primera edición: octubre 2015

Publicado por primera vez en Australia por HarperCollins Publishers Australia Pty Limited en 1993.
Esta edición en español se publica por acuerdo con HarperCollins Publishers Australia Pty Limited.
© 2000, Duncan Ball
© 2015, de la presente edición en castellano:
Penguin Random House Grupo Editorial, S.A.U.
Travessera de Gràcia, 47-49. 08021 Barcelona
© 2015, Lucía Cobo, por las ilustraciones
© 2015, Victoria Simó, por la traducción
Diseño de interiores: Beatriz Tobar

Printed in Spain – Impreso en España

ISBN: 978-84-204-8803-5
Depósito legal: B-18.848-2015

Maquetación: MT
Impreso en Talleres Gráficos Soler, S.A.

AL 8 8 0 3 5

Penguin
Random House
Grupo Editorial

Duncan Ball

EMILY

AVENTURA
EN LA NIEVE

Ilustraciones de **Lucía Cobo**
Traducción de **Victoria Simó**

ALFAGUARA

*A todos los fans de Emily,
estén donde estén*

1

EL TERRORÍFICO TIRA Y AFLOJA DE EMiLY

Un día, los maestros y los niños del colegio de Emily salieron todos juntos a la pista deportiva que había detrás del colegio. Iban a jugar al tira y afloja con una cuerda muy gruesa. Como Emily tenía un ojito en la punta del dedo, se puso su capuchón de plástico especial para protegerlo.

La maestra de Emily, la señorita Redondo, trazó una línea en el suelo. Los maestros se colocaron a un lado y los niños a otro. Luego, agarraron los dos extremos de la cuerda, cada cual el suyo, y se dispusieron a estirar.

Emily miró en dirección a Tom Chuleta, que estaba almorzando, algo apartado de los demás.

—¿No nos vas a ayudar? —le preguntó.

—Ese juego es una bobada —replicó Tom.

—Muy bien, Tom, pues tendremos que ganar sin ti —dijo Emily.

La señorita Redondo gritó:

—¡A vuestros puestos! Preparados, listos... ¡Ya!

Los dos equipos empezaron a estirar con todas sus fuerzas. Al principio, nadie se movía del sitio. Luego, los niños fueron arrastrados hacia la línea. Jana Estre-

lla estaba a punto de pisarla, pero sus compañeros tiraron con tantas ganas que fueron los maestros quienes se aproximaron a la raya del suelo. La batalla continuaba, primero hacia aquí y luego hacia allá.

—¡Estirad! ¡Podemos conseguirlo! —gritó Jana.

Justo cuando los maestros estaban a punto de perder la batalla, Tom dejó el bocadillo en el suelo y echó a correr hacia el lado de los niños. Estiró con toda su rabia y pronto los maestros cruzaron la línea.

—¡He ganado! ¡Los he machacado! —gritó Tom, y se señaló el pecho con el pulgar—. ¡Soy más fuerte que los maestros!

—Hemos ganado todos —le corrigió Emily—. No has ganado tú solo.

—¡He ganado yo! —siguió chillando Tom—. ¡Vosotros no teníais ninguna posibilidad!

—Hay demasiados niños y muy pocos maestros —suspiró la señorita Redondo—. Tendremos que reclutar a más adultos.

—¡Yo, yo y yo! —berreaba Tom, que ahora corría en círculos—. ¡He sido yo! ¡Soy el mejor! ¡Soy el niño más fuerte del mundo!

—Tom es un pelma —dijo Jana.

—No le hagas caso —le aconsejó Emily—. Esa es mi táctica.

Por fin, los maestros volvieron al colegio para almorzar, todos menos la señorita Redondo, que aquel día era la encargada de la vigilancia.

Emily se sentó a la sombra de un árbol y empezó a comerse el almuerzo. De pronto, oyó el zumbido de un avión, que sonaba cada vez más cerca.

—¡Mirad! —dijo Emily—. ¡Vuela muy bajo!

El motor del minúsculo avión se detuvo de repente, luego volvió a funcionar y por fin se paró.

—¡Tiene problemas! —exclamó Emily—. ¡Y se dirige directamente hacia nosotros! ¡Creo que el piloto intenta hacer un aterrizaje de emergencia!

—¡Niños! —gritó la señorita Redondo—. ¡Apartaos de ahí! ¡Venga! ¡Corred, corred! —añadió dando unas palmadas.

—¡Se va a estrellar encima de mí! —chilló Tom Chuleta—. ¡No quiero morir!

Los niños echaron a correr en todas direcciones y muy pronto la pista deportiva quedó despejada. El avión planeaba en silencio en dirección a la tierra.

—¡Oh, no! —exclamó Jana—. ¡Va a chocar contra los árboles del otro lado de la pista!

Y así fue. El avión rozó las ramas superiores de un árbol muy alto. Luego dio vueltas en el aire antes de estrellarse contra la copa de otro gran árbol.

Horrorizados, los niños observaron cómo el aeroplano se quedaba en equilibrio sobre las ramas, con el hocico apuntando al suelo. Emily vio a dos personas en el interior, parecían mareadas.

—¡Quedaos donde estáis, niños! —chilló la señorita Redondo—. ¡Voy a buscar ayuda!

Tras decir eso, la maestra echó a correr hacia la escuela para llamar a emergencias.

Emily vio cómo un hombre y una mujer intentaban salir del avión arrastrándose hacia una rama. Sin embargo, en cuanto el hombre abrió su portezuela, el avión se desplazó y cayó unos cuantos metros. Por suerte, una rama detuvo la caída.

—¡No te muevas! —le chilló la mujer— ¡Si lo haces, el avión se estrellará contra el suelo!

—Nuestra maestra ha ido a pedir ayuda —les gritó Emily—. Quédense donde están.

—¿Se ha estrellado? —preguntó una vocecita.

Emily se dio media vuelta y miró hacia los arbustos que tenía detrás. Allí estaba Tom, sentado entre las plantas con los ojos tapados.

—¿Por qué te has escondido? —dijo Emily.

—No me he escondido. Es que no quiero morir. ¿Qué ha pasado?

—El avión se ha quedado enganchado a un árbol —explicó Emily.

—Los aviones no se enganchan a los árboles.

—Ese sí. Sal y míralo tú mismo.

Mientras Tom salía de su escondite, se levantó viento. La ráfaga de aire sacudió el árbol, agitando así el aeroplano también.

—Si sigue soplando el viento, el avión se caerá —le dijo Emily a Jana—. Ojalá pudiéramos hacer algo.

—Pero, ¿cómo podemos evitarlo? —preguntó Jana.

En ese momento, Emily se quedó mirando la cuerda, que seguía en el suelo de la pista deportiva.

—Tengo una idea —anunció.

—¡No hagas tonterías, Emily! Espera a que lleguen los equipos de rescate.

—¿Y si entonces es demasiado tarde? —observó Emily—. Tenemos que ayudarlos ahora mismo.

Dicho eso, Emily salió disparada y agarró la cuerda. Hizo un gran lazo a un extremo y echó a correr hacia el árbol. Se rodeó la cintura con el lazo y empezó a trepar por el lado del tronco que quedaba más alejado del avión.

El hombre la vio ascender.

—¡Eh, niña! —le gritó—. ¿Qué haces? ¡Baja ahora mismo o moverás el avión!

—No estoy moviendo nada —respondió Emily.

 Siguió trepando, cuidadosa como un gato, hasta superar la altura del aeroplano. Luego saltó a una rama y después a otra situada justo encima del aparato. Los niños la observaban en silencio desde los bordes de la pista deportiva.

«A lo mejor puedo atar la cuerda a la cola del avión», pensó Emily.

De sopetón, se levantó viento otra vez. Emily se agarró a la rama con todas sus fuerzas. Debajo de ella, el avión volvió a desplazarse pero no cayó. Buscó una rama y pasó la cuerda por encima.

—¡Jana! —vociferó—. ¡Toma la cuerda y ayúdame a bajar un poco! ¡Tú también, Tom!

—¿Por qué yo? —preguntó él, a grito pelado.

—Porque eres el niño más fuerte del mundo. ¡No seas tan cobardica!

—No me llames cobardica.

—¡Pues ven y échame una mano!

Tom se acercó al árbol dando puntapiés al suelo. Jana y él agarraron la cuerda y, despacio, hicieron descender a Emily hasta la cola del avión.

—¡Vale, parad! —gritó ella.

Ahora, Emily estaba colgando junto a la parte trasera del avión. En ese momento, vio la enorme grieta que atravesaba la cola de lado a lado.

—¡Eh, niña! ¿Qué haces? —gritó la mujer—. ¡Si tocas el avión, se caerá!

—Iba a atar la cuerda a la cola para evitar que cayera —explicó Emily—, pero está toda rota. Podría desprenderse.

—¡Aléjate! —chilló el hombre.

Emily no le hizo caso. Sabía que tenía un trabajo importante entre manos y que debía concentrarse en él. El metal estaba roto justo allí donde la cola se unía al resto del aeroplano. Una zona de la grieta era tan ancha que le cabía la mano dentro.

Emily metió la mano izquierda —la del ojito— en la abertura, con mucho cuidado de no tocar el avión. El interior estaba oscuro, así que tuvo que esperar un momento a que el ojo se le acostumbrase a la penumbra. Cerró los de la cara para que le costara menos mirar con el ojito del dedo.

—Hay una gran barra de metal que va de lado a lado del avión —dijo por lo bajini, hablando consigo misma—. Forma parte de la estructura. A lo mejor puedo atar la cuerda a esa barra.

—¿Qué pasa ahí arriba? —gritó Jana.

—Ahora no puedo hablar —chilló Emily.

Con mucha suavidad, Emily introdujo el cabo libre en la grieta y, usando el ojito para ver lo que hacía, lo ató al barrote de metal con un fuerte nudo. En aquel momento, el viento volvió a soplar y el avión empezó a mecerse en el árbol.

—¡Que todo el mundo agarre la cuerda! —ordenó Emily a voz en grito a los otros niños—. ¡Pero no estiréis hasta que yo os lo diga!

Emily sacó el cuerpo del lazo y empezó a bajar del árbol. Mientras tanto, los niños se iban acercando a agarrar la soga que colgaba. Todos los maestros se acercaron corriendo hacia ellos.

—¡Alejaos del árbol! —gritaba la señorita Redondo—. ¿No me oís? ¡Alejaos!

Emily saltó al suelo y sujetó el extremo de la cuerda con los demás.

—¡Venga, chicos! —dijo Emily—. ¡Agarradla con fuerza y preparaos para estirar si hace falta!

En ese instante, el viento empezó a soplar con más fuerza y el avión se desplazó. De repente, cayó

de la rama. Los dos tripulantes chillaron con toda su alma. La cuerda se tensó y los niños clavaron los talones en el suelo. Por desgracia, el avión pesaba tanto que los que estaban al principio fueron arrastrados hacia el tronco del árbol.

—¡Que nadie la suelte! —gritó Emily—. Si nadie la suelta, no nos pasará nada.

Poco a poco, los niños se acercaban al árbol mientras que el avión colgado descendía despacio. Los pies de Tom, Emily y Jana se elevaron.

—¡Ya no aguanto más! —chilló Tom.

—¡Ni se te ocurra soltarla! —le ordenó Emily—. ¡Hemos ganado la otra batalla y hay que ganar esta!

Despacio, el hocico del avión tocó el suelo. A continuación, todo el avión se posó sobre las ruedas. Emily, Jana y Tom saltaron a tierra cuando la señorita Redondo y los demás alcanzaban el árbol.

—¡Lo hemos conseguido! —exclamaron los niños.

—¡Yo lo he conseguido! —gritó Tom, que una vez más empezó a corretear en círculos—. Soy más fuerte que un avión. ¡Yo! ¡Yo! ¡Yo! ¡Soy el niño más fuerte del mundo mundial!

—Por favoooor —suspiró Jana—. ¡Serás crío!

El hombre y la mujer bajaron del avión.

—Nos habéis salvado la vida, niños —dijo la mujer—. No sé cómo agradeceros lo que habéis hecho. Sobre todo a ti —añadió, y le dio a Emily un abrazo gigante—. Eres la niña más valiente que he conocido en toda mi vida.

—¿Y yo qué? —saltó Tom—. ¡Yo también soy valiente! ¡Soy supervaliente!

—No le hagan caso —intervino Jana—. Es bobo.

—¡No es verdad! ¡Soy más valiente que la persona más valiente del mundo!

—Claro, claro —dijo la mujer mientras le propinaba a Tom unas palmaditas en la cabeza—. Lo has hecho muy bien, cariño.

Tom se conformó con eso. Le sacó la lengua a Jana y echó a correr otra vez.

—Lo que me gustaría saber —le comentó el hombre a Emily— es cómo te las has arreglado para atar ese nudo por dentro, si no veías nada.

—Sí que veía —respondió Emily. Sonrió y le mostró el ojito del dedo.

El hombre y la mujer alucinaron.

—¿Has visto eso? —preguntó ella—. ¡Es un ojo!

—¡En un dedo! —añadió él—. Nunca había visto nada parecido. Ni siquiera sabía que fuera posible.

—¿Y de dónde lo has sacado, si se puede saber? —preguntó la mujer.

—Nací con él —respondió Emily, muy orgullosa—. Creo que es único en el mundo.

—Así es Emily —dijo la señorita Redondo, y le plantó a su alumna, que se moría de vergüenza, un besazo en la mejilla—. ¡La mejor niña del mundo!

2

EMiLY
Y SAMI ESTOPA

Emily y sus compañeros de clase acababan de posar el avión sano y salvo en el suelo cuando llegaron los equipos de rescate de la policía. Detrás estaban las cámaras de la televisión.

Los periodistas hicieron un montón de preguntas a los dos tripulantes del avión acerca de lo sucedido. Luego se volvieron hacia Emily.

—¡Les has salvado la vida! —exclamó uno de los reporteros.

—He hecho lo que he podido —respondió Emily—. No se puede hacer más.

Los periodistas sacaron fotos de todo el mundo, incluido Tom Chuleta, que seguía correteando de un lado a otro y gritando:

—¡Yo yo yo yo y yo!

—¿Nos podrías contar lo que ha pasado hoy aquí? —le preguntó a Jana un reportero de la tele.

—Pues claro que sí —contestó, y carraspeó antes de continuar—. Acabábamos de jugar al tira y afloja, alumnos contra maestros, cuando, de golpe y porrazo, en el cielo, ha sonado el *cof cof cof* de un avión estropeado.

Las palabras fluían de los labios de Jana con facilidad. Su voz subía y bajaba mientras les contaba a los periodistas cómo el avión se había estrellado en el árbol, cómo Emily había trepado cuidadosa como un gato y cómo, ayudándose con el ojito del dedo, había atado la cuerda a la cola.

Alrededor de Jana todo quedó en silencio. Los alumnos, los maestros e incluso los equipos de rescate de la policía dejaron de hablar y se acercaron para escucharla.

—Y aunque viva ciento tres años —terminó Jana moviendo las manos despacio y mirando a la cámara con los ojos superbrillantes—, estoy segura de que jamás de los jamases conoceré a nadie tan valiente como mi querida amiga Emily.

Dicho eso, Jana sonrió con dulzura.

—¿Lo he hecho bien? —preguntó.

—Fenomenal —asintió el periodista—. Mira el telediario de esta noche. ¿Cómo te llamas?

—Jana Estrella.

—¿Estrella? ¿Has dicho Estrella?

—Sí, y algún día seré una estrella de cine —le aseguró ella—. Mi nombre define mi personalidad.

El hombre que acababa de ser rescatado se quedó mirando a Jana con la boca abierta de par en par. Luego dijo:

—Y serás una actriz alucinante.

—Vaya, pues gracias —respondió ella roja como un tomate—. Pero solo si me dan una oportunidad.

—Me parece que ya la tienes —intervino la mujer—. Mi marido y yo somos agentes cinematográficos. Siempre andamos a la caza de personas con talento, como tú —se volvió para mirar a su marido—. ¿Qué tal quedaría como Sami Estopa? —preguntó.

—Mira ese pelo —respondió el marido—. ¡Sería perfecta!

—Muy bien, Jana —dijo la mujer a la vez que le tendía su tarjeta—. Diles a tus padres que nos llamen. Por cierto, nos llamamos señor y señora Cazatalentos. Qué raro, ¿verdad? Tú quieres ser actriz y te apellidas Estrella. Nosotros somos agentes y nos apellidamos Cazatalentos. Curiosidades de la vida.

—¡No me lo puedo creer! —gritó Jana cuando los Cazatalentos se marcharon—. ¡Voy a ser famosa!

—Me pregunto quién será Sami Estopa —comentó Emily.

—Será el personaje de una peli —supuso Jana.

Aquel fin de semana, Jana y su madre viajaron en avión a la ciudad y acudieron a un estudio llamado Filmes Resplandecientes. Jana le había pedido a Emily que las acompañara, y ella había aceptado encantada.

El estudio era un edificio enorme. Cuando Jana llegó con su madre y su amiga, el señor y la señora Cazatalentos ya las estaban esperando. Aguardaban en la sala de espera, acompañados de montones de niñas que se paseaban muy calladas de acá para allá, con la vista clavada en el papel que todas llevaban en las manos.

—¿Y qué clase de película es? —preguntó Jana.

—Bueno, no es exactamente una película —explicó la señora Cazatalentos—. Saldrás en la tele. ¿Alguna vez has oído hablar de Syn Cuidado?

—¿Syn Cuidado? —repitió Jana—. Es un champú. ¿Y por qué quieren hacer una serie de televisión sobre un champú?

—No es una serie de televisión. Es un anuncio.

—¿Quieren que salga en un anuncio? —preguntó ella.

—Será una oportunidad fabulosa —explicó el señor Cazatalentos—. Toda una serie de anuncios. Cuando los pasen por la tele, te harás famosa. No podrás ni salir a la calle sin que alguien te diga: «Hola, Jana». Aunque más bien dirán: «Hola, Sami», porque así se llama el personaje que aparece en los anuncios.

Jana se quedó muy pensativa. Eso de que la gente la reconociera no estaba nada mal.

—Muy bien —aceptó—. ¿Cuándo empezamos?

—No será tan fácil —la avisó la señora Cazatalentos—. ¿Ves a esas otras niñas? Todas quieren ser Sami Estopa, igual que tú. El estudio les hará una prueba para ver con cuál se queda. Mira, toma esto —añadió, y le tendió una hoja de papel—. Primero tienes que aprenderte esas frases.

Jana tomó la hoja y se sentó en una esquina de la sala de espera, en el suelo. Emily se sentó a su lado.

—¿Va todo bien, Jana? —le preguntó.

—Pues no, la verdad es que no. Seguro que esas niñas lo hacen mejor que yo.

—Eso ni lo pienses —afirmó Emily—. Tú apréndete las frases y hazlo lo mejor posible.

Emily tomó el papel y lo leyó.

—Parece muy fácil —comentó—. Solo tienes que decir:

> *Mi vida ha cambiado*
> *desde que uso Syn Cuidado.*
> *Si tienes el pelo seco y castigado,*
> *sigue el consejo de Sami Estopa:*
> *usa Syn Cuidado.*
> *Hola, pequeña Sami. ¡Qué mona!*

—Pues sí que es fácil —reconoció Jana—. Aunque no pillo el final. ¿Por qué se saluda a sí misma?

—No sé. Tú no te preocupes. Apréndete las frases y ya está.

A Jana se le daba muy bien memorizar papeles y, al cabo de un momento, se sabía las frases de pe a pa. Luego las recitó en voz alta sacudiendo la melena de un lado a otro.

—¡Hala! —exclamó Emily—. ¡Parecías una actriz de la tele! ¡Se me ha puesto la piel de gallina!

—Bah, cualquiera puede hacerlo. Es para princi-piantes. Hasta tú podrías.

—Qué va, yo no —dijo Emily.

Una a una, fueron llamando a las otras niñas al interior del plató. Todas volvían a salir a los pocos minutos y se marchaban a casa con sus padres. Ninguna parecía muy contenta y hasta hubo un par que salió con lagrimillas en los ojos.

Por fin, le llegó el turno a Jana. Los señores Ca-zatalentos se quedaron junto a su madre en la sala de espera. Emily, en cambio, acompañó a su amiga al camerino del maquillaje, donde le lavaron el pelo a Jana y se lo peinaron hasta dejarlo liso y sedoso. Para terminar, le aplicaron un maquillaje oscuro que daba un aspecto sucio a su cara.

Luego hicieron pasar a las dos niñas a otra sala. Allí, vistieron a Jana con prendas viejas y enormes, tan zarrapastrosas como si las hubieran arrastrado por el suelo.

—¡Ya sé! —exclamó Jana—. ¡Sami Estopa debe de ser una exploradora o algo así!

Por fin, las niñas entraron en una habitación enorme, tan grande como un almacén. En el centro se encontraba el escenario, que estaba decorado con plantas gigantes en macetas. Si no mirabas los tiestos, tenías la sensación de estar en la selva.

Una mujer muy simpática se acercó a Jana y la llevó al escenario. A su alrededor, un montón de gente preparaba las luces y las cámaras. También había un gran ventilador. Emily se retiró a un lado para ver la actuación.

La mujer le explicó a Jana lo que tenía que hacer. Al principio, debía quedarse escondida detrás de las plantas. Pusieron una grabación del rugido de un león. Un hombre que estaba tendido en el suelo agitó las plantas. A continuación, Jana tenía que salir y recitar sus frases.

Emily observó cómo Jana lo hacía todo a la perfección. El león rugió. Las plantas se agitaron. Luego salió Jana sonriendo y sosteniendo un frasco de champú Syn Cuidado.

—*Mi vida ha cambiado* —dijo Jana— *desde que uso Syn Cuidado* —la niña sonrió y sostuvo el envase junto a su cara mientras lo señalaba con la otra mano—. *Si tienes el pelo seco y castigado, sigue el consejo de Sami Estopa: usa Syn Cuidado.*

Dicho eso, Jana echó la cabeza a un lado y luego volvió a mirar al frente. Su cabello ondeó antes de caer otra vez por su espalda.

—¡Corten! —gritó la directora—. Lo has hecho de maravilla... ¿Cómo te llamabas?

—Jana. Jana Estrella.

—Ha sido perfecto, Jana. Me encanta cómo señalas el frasco. Y me chifla cómo mueves la melena al final —se volvió a mirar al resto del equipo—. Creo que hemos encontrado a Sami Estopa, chicos —anunció.

—¿Eso significa que me van a contratar? —chilló Jana supercontenta.

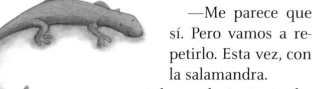

—Me parece que sí. Pero vamos a repetirlo. Esta vez, con la salamandra.

—¿Salamandra? ¿Qué salamandra? —preguntó Jana—. Nadie me dijo nada de un bicho.

La niña estaba plantada delante de una rama. A un lado del escenario, había un hombre con una jaula. El hombre abrió la puerta de la jaula y del interior salió una salamandra, que trepó por la rama y se detuvo delante de Jana.

—¡Que alguien se la lleve de aquí! —aulló Jana.

—Es inofensiva —le aseguró la directora—. Está amaestrada.

—¡Odio las lagartijas! —exclamó la niña—. Ay, qué asco.

—Pero el animal forma parte del anuncio —explicó la directora—. Al final, cuando dices *Syn Cuidado,* la salamandra sube por la rama y se detiene delante de ti. Tú la coges y la saludas: *Hola, pequeña Sami. ¡Qué mona!*

—¿Quiere decir que tengo que tocarla?

—Pues claro.

—¿Y no podemos suprimir esa parte? ¿Es necesario que aparezca una salamandra? Además, ¿qué tienen que ver las salamandras con el pelo? Son calvas.

—Pues porque es una salamandra y tú eres Sami, que es nombre de salamandra. Es una broma. A la gente le encantará.

—No, a nadie le encantará porque no lo haré.

—Pues entonces tendremos que buscar a otra Sami Estopa. Lo siento, Jana. ¡Vale, que pase la siguiente!

Jana se quedó donde estaba. Emily se dio cuenta de que su amiga estaba a punto de echarse a llorar. De repente, tuvo una idea.

—Perdón —dijo—, pero se me ha ocurrido una solución.

—¿Ah, sí? —preguntó la directora—. ¿Y quién eres tú?

—Soy Emily, la mejor amiga de Jana. Se me ha ocurrido que podría ser yo la que cogiera la salamandra. Me encantan los animales.

—Lo siento, pero no creo que nos sirvas —contestó la mujer—. No tienes la altura adecuada y tu pelo es un desastre.

—Yo no quiero ser Sami Estopa —explicó Emily—. Solo me estoy ofreciendo a coger la salamandra en lugar de Jana.

—¿Qué quieres decir?

—Me colocaré detrás de ella y alargaré el brazo para levantarla, así parecerá que es ella.

La directora se lo pensó durante un minuto.

—No es mala idea —reconoció—, pero ¿cómo te las arreglarás para coger el animal? Estarás detrás de Jana. No lo verás.

—Pues con ayuda de esto —dijo Emily, y le mostró a la directora el ojito de su dedo.

—¡Qué fuerte! —exclamó la mujer—. ¿De dónde has sacado esa cosa?

—No es una cosa, es un ojo. Nací con él. No hay razón para tener miedo.

—No, si no me da miedo —dijo la directora, y se acercó para mirarlo de cerca—. Solo siento... curiosidad. Es muy interesante.

—Entonces, ¿le parece bien que sea yo la que coja la salamandra?

—¿Tú qué dices, Jana?

—Por mí, vale —respondió Jana. Pero no me la acerques demasiado a la cara porque gritaré.

El equipo de rodaje lo preparó todo. Jana y Emily se escondieron entre las plantas. El león rugió. El hombre sacudió las hojas. Jana salió de entre las macetas con Emily superpegada a su espalda. Parecía como si las hubieran unido con pegamento.

Entonces Jana pronunció sus frases:

—*Mi vida ha cambiado desde que uso Syn Cuidado* —mostró el frasco a la cámara. Esta vez fue Emily la que lo señaló con la otra mano, porque Jana había

escondido la suya detrás de la espalda. Emily dobló un poquitín el dedo para que la cámara no captara su ojito—. *Si tienes el pelo seco y castigado, sigue el consejo de Sami Estopa: usa Syn Cuidado.*

El hombre a cargo de la jaula colocó la salamandra en la rama y la soltó. El animal recorrió el palo hasta llegar a la altura de Jana y se detuvo. Emily la recogió con la mano del ojito, teniendo mucho cuidado para colocarlo de cara a su amiga y no a la cámara.

—*Hola, pequeña Sami. ¡Qué mona!* —terminó Jana.

—¡Corten! —gritó la directora—. ¡Perfecto! Vale, Jana, el trabajo es tuyo. Y tú has estado magnífica, Emily. Las dos juntas formáis un gran equipo.

—Gracias —dijo Emily—, pero tengo una sugerencia: ¿no podrían cambiar el rugido del león por otra cosa? Los leones no viven en la selva. Viven en la sabana.

—¿Ah, sí? Vale, pues lo cambiaremos. Sabes mucho de animales, ¿eh?

—Me encantan —asintió Emily y acarició la salamandra con delicadeza—. ¿Verdad, pequeña Sami?

Jana sonrió a Emily.

—Gracias, Emi. Formamos un gran equipo.

3

EMiLY
Y EL RATÓN
DE LAS NIEVES

—¡Mamá! ¡Papá! —gritó Emily—. ¡A ver si sabéis cómo va a celebrar su cumple Malcolm Roedor!

—Ni idea —respondió la señora Buenavista.

—Su padre lo va a llevar a dar un paseo en helicóptero.

—¡Ostras! —exclamó la señora Buenavista—. Eso debe de ser muy caro. Nosotros no nos podríamos permitir algo así para tu cumpleaños.

—Ya lo sé, pero no pasa nada —la tranquilizó Emily—. ¿Y a que no adivináis qué?

—Ya sabes que eso de adivinar no se me da demasiado bien, Emily —le recordó su madre.

—Ni a mí tampoco —añadió su padre—. Será mejor que nos lo digas.

—El padre de Malcolm quiere que los acompañe. ¿Os parece bien?

—El profesor Roedor no pensará pilotar el helicóptero él mismo, ¿verdad? —preguntó su madre.

—No, lo hará un piloto profesional.

—En ese caso, no hay problema.

—¡Viva! Me han dicho que lleve prendas de mucho abrigo, porque ahí arriba hace un frío que pela.

El sábado por la mañana, los señores Buenavista llevaron a Emily al aeropuerto, donde el profesor Roedor y su hijo Malcolm ya la estaban esperando. El chico llevaba puesta una cazadora superabrigada, gorro, bufanda y los guantes más gruesos que Emily había visto en toda su vida.

Emily le hizo un regalo a Malcolm. Era un videojuego, y Malcolm dio botes de alegría. Luego, de repente, se puso muy serio.

—Estoy preocupado, Emily.

—¿Por qué? Deberías estar contento. Vas a montar en helicóptero.

—Mi padre pone cara de estar tramando algo. Y cuando eso pasa, ocurren cosas horribles.

—A lo mejor eso de volar en helicóptero le pone nervioso. Yo estoy muy nerviosa.

—¡En marcha, Malcolm y Emily! —gritó el profesor Roedor—. Ya está todo preparado y el piloto listo para despegar.

Los tres subieron a bordo. Al cabo de un momento, se habían elevado en el aire y volaban hacia unas montañas nevadas.

—¡Qué bonitas! —exclamó Emily mientras las fotografiaba—. Parecen grandes cucuruchos de helado. Me entran ganas de sacar la lengua y lamerlas.

Poco después, el helicóptero empezó a volar en círculos alrededor del pico más alto.

—¡Cuánta nieve! —gritó el profesor—. ¿Alguna vez habíais visto tanta nieve junta?

Por señas, le pidió al piloto que aterrizara en la cima de la montaña.

—Papá, ¿adónde vamos? —preguntó Malcolm.

—Quiero ir un momento a hacer un recado.

—¿Un recado? ¿Qué clase de recado?

—Ya lo verás —respondió el profesor.

—Sabía que estaba tramando algo — Malcolm le susurró a Emily al oído.

El helicóptero se posó en tierra y los tres saltaron a la nieve. Luego, el piloto sacó una mochila y un bulto muy grande de la parte trasera del vehículo. El paquete estaba envuelto en papel de embalar y luego atado con cordel.

Mientras el helicóptero se alejaba, el profesor Roedor depositó los dos objetos sobre la nieve.

—¡Eh! ¿Adónde va? —gritó Malcolm.

—No te preocupes por él —replicó el profesor y se puso a buscar algo en la mochila.

—Pero ¿cómo vamos a volver? ¡Estamos en la cima de una montaña, papá!

—Ya lo sé. ¿Por qué no desenvuelves el paquete? Malcolm desató la cuerda y retiró el papel.

—Genial —dijo sin ningún entusiasmo—. Ni siquiera sé qué es este trasto.

—¡Es un trineo! —le explicó su padre—. ¿No es el más bonito que has visto en tu vida?

—Supongo —suspiró Malcolm—. Porque es el primero que veo. Ay, papá...

El profesor Roedor estaba ocupado toqueteando la cámara cuando Emily susurró al oído de su amigo:

—Intenta ser educado.

—¿Qué voy a hacer con un trineo? —cuchicheó Malcolm—. Odio la nieve.

—Cuando te hacen un regalo, tienes que decir que te ha gustado.

—Pero si no me gusta... —protestó Malcolm—. ¿Cómo voy a decir que sí?

—Muy bien —empezó a hablar el profesor Roedor frotándose las manos—. Ahora, a poner en práctica mi plan en tres fases.

—Dime una cosa —quiso saber Malcolm—. Ese plan tuyo, ¿no tendrá nada que ver con ratones?

—¡Qué chico más listo! —exclamó el profesor, y le dio una palmada a su hijo en la espalda—. Si hay algo que haga feliz a un ratonólogo como yo, son los ratones.

—¿Sí? Pues lo que nos hace felices a los hijos de los ratonólogos es estar en casa, pedir una pizza y soplar las velas de la tarta de cumpleaños —murmuró Malcolm.

—Hay una especie muy rara de ratón que solo vive en los picos de las montañas —explicó el profesor sin hacerle caso a Malcolm—. Se le conoce como «el ratón de las nieves». Su nombre científico es *Mus resbalensis*.

—No hace falta que sigas —lo interrumpió el chico—. Vamos a cazar uno.

—Sí. Lo pesaremos, lo fotografiaremos y luego lo soltaremos. Aprendes rápido, Malcolm.

—¿Que aprendo rápido? Pero si siempre hacemos lo mismo... Esto es genial. Voy a pasar mi cumpleaños buscando ratones.

El profesor Roedor no le oyó: el viento soplaba con fuerza y además se había agachado para añadir otro nudo a los cordones de sus botas de montaña.

—Perdone, profesor —intervino Emily—. ¿Cómo es posible que vivan ratones aquí arriba, con el frío que hace?

—Viven en túneles que excavan bajo la nieve. Mira, Emily, pedí que fabricaran esto especialmente para ti.

El profesor Roedor le tendió a Emily un guante especial. Le quitó la manopla y se la cambió por el guante. En la punta de uno de los dedos, la prenda llevaba una pieza de plástico transparente.

—Es para tu ojito —aclaró el profesor—. Lo único que tienes que hacer es hundir el dedo en la nieve hasta que encuentres un túnel de ratón.

Emily clavó el dedo en el suelo y miró por su ojito, pero no vio nada de nada; solo nieve. Lo sacó y volvió a hundirlo. Nada. Caminando con mucho cuidado para no resbalar montaña abajo, repitió la misma maniobra una y otra vez.

—Me parece que esto de buscar ratones de las nieves no se me da demasiado bien.

—Tú tranquila. Seguro que se te da mucho mejor que a mí —se rio el profesor Roedor—, porque yo no tengo ojos en los dedos.

Emily clavó y hundió el dedo una y otra vez hasta que, por fin, encontró una zona hueca.

—¡Es un túnel! —exclamó—. Y creo que estoy viendo un ratón.

—¿Qué hace?

—Está mirando mi dedo. Debe de ser la primera
vez que ve un ojo en un dedo —respondió Emily
con una sonrisa.

—Los ratones de las nieves son curiosos, pero
también muy tímidos —explicó el profesor—. Vale,
ahora pasemos a la segunda fase del plan.

Dicho esto, el profesor excavó en la nieve hasta encontrar el túnel, pero el ratón ya había desaparecido.

—Me parece que lo has asustado, papá.

—¿Sí? Pues ahora lo espantaremos aún más para que salga a la superficie —aclaró el profesor. Cogió el trineo y señaló la ladera de la montaña—. Te diré lo que quiero que hagas, Malcolm. Debes gritar en el interior del túnel.

—¿Y por qué yo?

—Porque los ratones de las nieves son duros de oído.

—¿Quieres decir que son sordos?

—No del todo. Como el viento es tan ruidoso aquí arriba, no acostumbran a usar el sentido del oído. Así que utiliza tu grito especial; ese que prácticamente es capaz de romper el cristal.

—¿Y luego, qué?

—Con suerte, un ratón o dos saldrán de debajo de la nieve. Entonces nos apresuraremos a cazar uno.

—Pero ¿cómo sabremos por dónde van a salir? —preguntó Emily.

—No lo sabremos. Ahí entra en juego la tercera fase de mi plan. Cuando se asustan, los ratones de las nieves patinan montaña abajo. Nosotros nos deslizaremos tras ellos.

Emily se subió a la parte delantera del trineo. Malcolm soltó su mejor grito rompecristales y se sentó detrás de ella.

Al cabo de un momento, empezaron a salir ratones de las nieves por todas partes. Mientras lo hacían, Emily presenció la escena más rara que había visto en su vida: no patinaban montaña abajo de uno en uno, no. Se sentaban en fila, en grupos de

cinco o incluso de diez y se deslizaban por la ladera sentados sobre sus colas.

—¡Utilizan las colas como trineo! —exclamó Emily—. ¡Es genial!

El profesor Roedor se montó en el trineo y los tres salieron disparados montaña abajo. A su alrededor, grupos de ratones de las nieves se deslizaban por la ladera también.

El profesor sacó un palo muy largo con una red especial cazarratones sujeta a un extremo.

—¡No veo nada, papá! —aulló Malcolm—. ¡La nieve sale despedida y me tapa la cara!

—¡A mí también! —gritó Emily.

—Vosotros no perdáis de vista a esos animales —ordenó el profesor, señalando a los ratones que descendían por delante—. Inclinaos a la izquierda.

Todos ladearon el cuerpo y el trineo se desvió a un lado. Al cabo de un momento, el profesor había pescado seis revoltosos ratones con su red.

—¿Cómo paramos el trineo? —chilló Malcolm dos veces más fuerte que cuando había gritado en el interior del túnel.

—¡No lo sé! —aulló el profesor—. ¡Pensaba que Emily lo sabría!

—¿Yo? —gritó Emily—. ¡Pero si es la primera vez que monto en trineo! ¡Además, ni siquiera veo por dónde vamos!

—Pues tendremos que seguir bajando hasta que el trineo se detenga.

La nieve en polvo revoloteaba ante la cara de Emily. Ella levantó la mano izquierda por encima de la cabeza. El dedo del ojito superaba la altura de la nieve voladora, lo que le permitía ver lo que tenía delante. Y contempló una escena espantosa.

—¡Agarraos! —chilló—. ¡Vamos directos a un precipicio!

En un instante, el trineo salió volando.

—¡Voy a morir! —aulló Malcolm tres veces más fuerte que cuando le había gritado al ratón—. ¡Y hoy es mi cumpleaños! ¡No quiero morir el día de mi cumpleaños!

Surcaron el aire montaña abajo hasta que aterrizaron en la nevada ladera con un fuerte golpe. Una vez más, se deslizaban por la nieve a toda mecha y una vez más Emily levantó la mano para poder ver.

—¡Inclinaos a la derecha! —vociferó, y el trineo pasó rozando un enorme pedrusco—. ¡Inclinaos a

la izquierda! —estuvieron a un pelo de estrellarse contra un árbol.

Llevaban un rato desviándose a izquierda y a derecha cuando se detuvieron por fin.

—¡Uf! Qué emocionante, ¿verdad? —comentó el profesor cuando los tres bajaron del trineo.

—¿Emocionante? —murmuró Malcolm—. Ha sido horrible... y no pienso repetirlo nunca.

El profesor sacó a toda prisa el equipo para medir roedores y, un minuto después, había pesado y medido a los ratones de las nieves, los había fotografiado y los había soltado. Los tres se pusieron en marcha otra vez, ahora cuesta arriba.

—Bueno, ya está —dijo el profesor—. Y no lo habríamos conseguido de no haber sido por tu grito, Malcolm. Y por tu ojito, Emily.

—Pues gracias, profesor —respondió Emily.

De golpe y porrazo, Malcolm se enfurruñó. Mientras el profesor Roedor guardaba su equipo de ratonólogo, Emily se llevó a su amigo a un lado.

—Este cumpleaños ha sido un asco —le confesó Malcolm—. No pienso volver a cumplir años jamás de los jamases. ¡Me da igual si sigo teniendo la misma edad el resto de mi vida!

Emily le pasó el brazo por los hombros.

—Malcolm —le dijo—. ¿Por qué no fingimos que te lo estás pasando bien?

—No puedo. Además, eso sería una mentira como una casa. ¡Me lo estoy pasando fatal!

—No te digo que mientas, solo que seas amable. Seguro que tu padre lo hace con buena intención.

—Yo solo quería dar un paseo en helicóptero y que me regalara una gorra de béisbol nueva. En vez de eso, me lleva a cazar ratones y me regala un trineo.

—Te quiere, Malcolm, y eso es lo que importa.

—Sí, Emily, tienes razón. Y gracias por el videojuego.

—De nada, Malcolm.

De repente, oyeron el zumbido del helicóptero, que volvía a buscarlos. El vehículo aterrizó allí cerca, sobre la nieve.

—Venga, niños —los llamó el profesor Roedor mientras cargaba la mochila y el trineo.

—¿Papá? —dijo Malcolm.

—¿Sí, hijo?

—Gracias por el paseo en helicóptero. Ha sido genial. Y gracias por el trineo.

—¿Perdona? —se extrañó el profesor—. No, Malcolm, el trineo no es un regalo de cumpleaños. Lo he comprado para los dos. Aquí tienes tu regalo.

Le tendió a Malcolm un paquete envuelto en papel de regalo. El niño lo desenvolvió y sacó una gorra de béisbol.

—¡Lo que yo quería! —exclamó.

—Bien, ahora vamos a revolotear por ahí un poco más. Luego iremos a casa, pediremos pizza y soplarás las velas de la tarta. ¿Te parece bien?

—Claro, papá, ¡me parece genial! —respondió Malcolm. Volviéndose hacia Emily, añadió—: Y tú también has estado genial, Emily.

Ella sonrió y le hizo un guiño secreto con el ojito del dedo. Luego, salieron volando, y Malcolm pasó el mejor cumpleaños de su vida.

4

EMiLY
VA A LA CÁRCEL

Un día, durante las vacaciones escolares, Emily se quedó sola en casa. Decidió salir a dar un paseo y, cuando pasaba por un callejón superestrecho, un coche frenó a su lado. Del vehículo salieron dos hombres, que la agarraron y la metieron en el auto. Emily chilló con todas sus fuerzas, pero nadie la oyó. El coche arrancó.

—No tengas miedo —le dijo uno de los hombres—. No te haremos daño.

El desconocido le ató las manos a la espalda. Ella apretó los puños para que no vieran el ojito de su dedo.

—¡Parad el coche! —gritaba Emily—. ¡Dejadme salir!

—No podemos —dijo el hombre.

—¿Por qué?

—Porque te estamos secuestrando. Por eso.

—¡Secuestrar va contra la ley y os vais a meter en un lío de campeonato como no me soltéis ahora mismo! —los amenazó Emily.

—Cuando tus padres nos paguen una pasta, te liberaremos —dijo el conductor. Luego soltó una risilla tonta que sonó como *ji ji ji ji ji ji ji ji ji ji ji ji ji ji,* solo que aún más tonta.

Emily volvió a chillar.

—Por favor, deja de gritar —le pidió el mismo hombre—. Me está entrando dolor de cabeza.

—¿Adónde me lleváis? —preguntó Emily.

—Pues, ya que lo preguntas, te llevamos a la cárcel.

Entonces los dos se echaron a reír. *Ji ji ji ji ji ji ji ji ji.* Así.

Emily recurrió al ojito del dedo para mirar el nudo de la cuerda que le ataba las manos. Lo veía perfectamente, pero lo habían apretado tanto que no podía desatarlo.

Al cabo de un momento, tomaron una carretera que discurría campo a través. Por fin llegaron a una valla metálica muy alta con un cartel que decía:

CÁRCEL CERRADA
NO ENTREN

Al otro lado de la valla asomaba un edificio enorme y viejo a más no poder, con barrotes en las ventanas. En la puerta, un cartel anunciaba:

CÁRCEL
EL PINAR

El coche se detuvo. Uno de los hombres abrió un agujero en la valla con unas cizallas.

—Otra vez os estáis saltando la ley —dijo Emily—. Ahora os vais a meter en un lío aún más gordo. Luego no digáis que no os he avisado.

—No nos has avisado —le soltó uno de los hombres—. ¿Lo ves? Ya lo he dicho. ¿Y ahora qué? *Ji ji ji ji ji ji.*

—Esto no tiene ni pizca de gracia —se enfadó Emily.

Los hombres la obligaron a pasar por el agujero de la valla. Abrieron una puerta oxidada y la arrastraron por un largo pasillo con celdas a ambos lados.

—¡Hala, mira esto! —exclamó uno de los hombres—. ¡Qué desastre! Con lo bonita y limpia que estaba esta cárcel cuando nos encerraron aquí...

—Sí —asintió el otro—. Ahora la pintura tiene un montón de desconchones y hay suciedad por todas partes. Qué imagen tan triste, ¿verdad, Dion?

—¿Por qué me llamas por mi nombre, Dan? —se enfadó Dion, y le propinó al otro un empujón—. Habíamos quedado en no revelarle a la niña nuestros nombres.

—¿Sí? ¡Pues tú también acabas de decir el mío! —exclamó Dan, que le devolvió el empujón a Dion.

Mientras ellos se empujaban el uno al otro, Emily intentó desatarse una vez más, pero no pudo.

Poco después, los hombres abrieron la puerta de una celda y arrastraron a Emily al interior. La pared que daba al pasillo estaba hecha de barrotes de hierro. Incluso la puerta tenía barrotes. Los muros del interior, en cambio, eran de piedra. En un rincón había un camastro con una manta tirada encima.

—¿Me vais a encerrar aquí dentro? —preguntó Emily.

—Sí. Esta es nuestra vieja celda —respondió Dan—. Te dejaremos salir en cuanto cobremos el dinero del rescate.

—¿Podéis desatarme, por favor?

—¿Y por qué íbamos a hacer eso, si se puede saber?

—Porque me pica la nariz.

—Uf, qué molesto —dijo Dion—. Será mejor que la desates, Dan.

Dan deshizo los nudos. Luego salió de la celda y cerró la puerta. A continuación se desenganchó un teléfono móvil del cinturón.

—Muy bien, niña —soltó—. Ahora dinos el número de tus padres para que podamos pedir el rescate.

—No están en casa —les informó Emily.

—Pues les dejaremos un mensaje en el contestador.

—Y si no os doy el número, ¿qué?

—En ese caso, te quedarás ahí encerrada hasta que lo hagas —respondió Dan—. Hala, adiós. Hasta mañana.

Los dos hombres echaron a andar.

—¿Mañana? ¿Me vais a dejar aquí sola hasta mañana? Vale, os lo diré —suspiró Emily.

—Adelante —dijo Dan.

—Marcad el 112 y pedid que os pasen con la policía.

Dan acababa de marcar el segundo 1 cuando se detuvo.

—Muy graciosa. ¿No pensarías que ese truco tan viejo iba a colar, verdad?

—Mi hermano no es tan tonto —intervino Dion.

—¡Dion! ¡Ahora ya sabe que somos hermanos, tontorrón! ¿Por qué no le dices también dónde vivimos?

—Yo no lo haría, Dan. Si se lo decimos, se chivará a la policía en cuanto nos marchemos. Vale, niña, ¿nos vas a decir el número de tus padres o no?

Emily les dio su número de teléfono y Dan marcó.

—Hemos secuestrado a su hija —dijo en dirección al móvil.

—¡Estoy bien, mamá y papá! —gritó Emily—. ¡No os preocupéis!

—La niña está bien. Sea como sea, si nos pagan el rescate, la recuperarán. Queremos... —se sacó una hojita de papel del bolsillo y leyó una cifra—, queremos mil ochocientos ochenta y cinco euros con sesenta y dos céntimos.

—Diles que no llamen a la policía —le susurró Dion.

—No llamen a la policía —añadió Dan—. Uno de nosotros pasará por allí a las seis de esta tarde para recoger el dinero. Cuando lo tengamos, les devolveremos a su hija.

Volvió a prenderse el teléfono al cinturón y los dos hombres echaron a andar.

—¿Adónde vais?

—Si nos necesitas, llámanos —respondió Dion—. Estaremos en este mismo pasillo. En el despacho. Ahora échate y descansa un poco.

En cuanto los perdió de vista, Emily miró los barrotes que separaban la celda del pasillo. La cárcel había sido construida para adultos, no para niños, y los barrotes estaban muy separados.

«A lo mejor me puedo colar por el hueco», pensó.

Emily consiguió deslizar el cuerpo entre dos barrotes, pero no la cabeza. Se esforzó a tope por pasarla por la abertura, pero solo consiguió que le doliera.

«Imposible», se dijo. «Si los barrotes estuvieran un poquitisimísimo más separados, podría salir».

Emily volvió a meter el cuerpo en la celda. Luego sacó la mano izquierda y torció el brazo para echar un vistazo a la celda contigua. Abrió el ojito del dedo. En el interior, había una pila de basura y, encima del montón, una escoba.

«Hum», pensó. «Si pudiera alcanzar la escoba...».

Por desgracia, su brazo no era lo bastante largo. De golpe y porrazo, tuvo una idea. Deslizó el cuerpo al pasillo otra vez, todo menos la cabeza.

A ver si os hacéis una imagen: Emily estaba de pie en el pasillo, inclinada, con la cabeza en el interior de la celda. En esa postura, podía meter el brazo en el calabozo de al lado y coger la escoba. Y eso fue lo que hizo. Al cabo de un momento, volvía a estar en su propia celda con el objeto.

—Lo vi una vez en la tele —comentó para sí.

Emily agarró la cuerda que los hombres habían usado para atarle las manos. Rodeó con ella dos de los barrotes e hizo un nudo. Luego introdujo el mango de la escoba por el interior del lazo y giró el palo. La cuerda se fue tensando cada vez más alrededor de los barrotes. Emily retorcía con todas sus fuerzas.

—Bastará con que los barrotes se doblen un poquitisimísimo de nada —dijo, tan cansada que casi no podía respirar.

Cuando se cansó de girar la escoba, descubrió que podía meter la cabeza entre dos de los barrotes, aunque por un pelo. En un abrir y cerrar de ojos, salió al pasillo y se puso a pensar un modo de escapar de la cárcel. Oía las voces de los dos hombres, que charlaban en la oficina.

«A lo mejor puedo pasar por delante de ellos sin que me vean», pensó. «Pero ¿cómo voy a llegar a casa? No, tengo una idea mejor. Les tenderé una trampa».

La puerta de la celda en la que había encontrado la escoba estaba abierta. Emily entró y cogió un montón de basura. La llevó a la otra celda y la tapó con la manta. Luego escondió la escoba debajo de la manta también. Medio tapado por la tela, el cepillo podía pasar por pelo.

«Ya tengo el cebo», se dijo Emily. «Esto va a ser divertido».

Desató la cuerda de los barrotes y la llevó a la otra celda. Luego se escondió detrás de un montón de cartones.

—¡Socorro! —gritó—. ¡Por favor, que alguien me ayude! ¡Venid, deprisa!

Los hombres se acercaron corriendo por el pasillo.

—¿Te pasa algo? —preguntó Dion—. ¡Eh, niña, contesta!

—Saca la llave —ordenó Dan—. Abre la celda.

Dion obedeció y ambos entraron, sin quitar la llave de la cerradura.

—¿Qué es esto? —gruñó Dan cuando retiró la manta—. Aquí no hay ninguna niña, solo un montón de basura y una escoba. ¡La muy bellaca nos ha engañado!

—Ya lo creo que sí —dijo Emily.

Al darse media vuelta, Dan y Dion vieron a Emily en el pasillo.

—¡Serás...!

Los dos hombres corrieron hacia la puerta, pero Emily era más lista que ellos. Ya los había encerrado.

—¡Ahora vosotros sois mis prisioneros! —se burló.

—¿Cómo has salido? —preguntaron ellos.

Emily intentó explicárselo, pero los hombres no entendían nada de nada.

—Pero ¿cómo has visto lo que había en la celda de al lado? —preguntó Dan.

—Ah, se me olvidaba —respondió Emily estirando el dedo—. Gracias a esto.

—¡Qué fuerte! —exclamó Dion—. ¡Hemos secuestrado a una... mutante!

—No soy ninguna mutante —replicó Emily—. Solo soy una niña que, casualmente, nació con un ojo en la punta del dedo. ¡Y ahora me vais a dar el teléfono para que pueda llamar a la policía!

—¡Lo tienes claro! —replicó Dan.

—Pues os va a crecer la barba ahí dentro —observó Emily—. Porque voy a tener que volver a la ciudad andando y el camino es largo.

—Vale, vale —accedió Dan mientras le tendía el teléfono entre los barrotes—. Tú ganas.

Y así fue como Emily consiguió llamar a la policía.

—Solo hay una cosa que me gustaría saber —dijo Emily antes de que se llevaran a los dos hombres a una cárcel más bonita y más limpia—. ¿Para qué queríais mil ochocientos ochenta y cinco euros con sesenta y dos céntimos?

—Porque era la cantidad que necesitábamos —respondió Dan.

—¿Para qué? —insistió Emily.

—Para ver a nuestra madre —explicó Dion—. Vive en el extranjero. Nos hemos matado a trabajar para ahorrar el dinero, pero solo nos llegaba para comprar un billete de avión y los dos queríamos verla.

—Entonces, ¿solo teníais ahorrada la mitad del dinero? —preguntó ella.

—Exacto.

—¿Y por qué no le enviasteis los ahorros a vuestra madre, para que fuera ella la que viniera a veros, en lugar de ir vosotros?

Dion y Dan se rascaron la cabeza.

—No se nos ocurrió —reconoció Dan.

—Pues la próxima vez usad la cabeza antes de hacer tonterías tan tontas como secuestrar gente —los regañó Emily—. Espero que hayáis aprendido la lección.

—Claro que la hemos aprendido —le aseguraron los secuestradores—. Lo sentimos mucho, Emily.

—Más os vale —dijo ella.

Dan y Dion le daban bastante penita, porque ahora tardarían siglos en volver a ver a su madre.

Emily llegó a casa antes que sus padres y borró el mensaje del contestador. No quería que se enteraran de que la habían secuestrado, no se fueran a preocupar.

—Vámonos a dar un paseo, Emily —le dijo la señora Buenavista cuando volvió—. Llevas todo el día encerrada en casa. Te habrás sentido como si estuvieras en la cárcel.

—Ya lo creo que sí —respondió la niña, y le dio a su madre un abrazo gigante.

Emily sonrió para sí con una gran sonrisa secreta.

Al cabo de un tiempo, Emily supo por las noticias que una anciana había cruzado medio mundo para ver a sus hijos, Dion y Dan. Estaban en la cárcel, pero acudía a visitarlos a diario.

«Qué historia tan bonita», pensó Emily. «Seguro que está enfadada con ellos, pero los sigue queriendo a pesar de todo».

5

EMiLY
Y LA PASTA GANSA

Una mañana, durante las vacaciones escolares, Emily salió de su habitación y encontró a sus padres charlando con un hombre y una mujer en el salón.

—¿Es ella? —susurró el hombre al ver a la niña.

—Sí —respondió la señora Buenavista—. Emily, estas personas tan importantes han venido a verte.

—¿A mí? —preguntó ella.

—Me llamo Casandra Pastosa —se presentó la mujer— y este es Basilio Banquero. Somos agentes especiales del gobierno.

La agente Pastosa estrechó la mano de Emily educadamente. El agente Banquero estaba a punto de hacer lo mismo cuando retiró la mano y la saludó desde lejos.

—Iré directa al grano —dijo la mujer—. Necesitamos tu ayuda.

—¿Qué clase de ayuda? —quiso saber Emily.

—En primer lugar, tienes que jurar que nunca jamás le hablarás a nadie de esta misión secreta.

—¿Una misión secreta? —repitió Emily—. ¿Y es peligrosa?

—Las misiones secretas siempre son peligrosas —afirmó la agente Pastosa—. Pero esta en concreto no es especialmente peligrosa. Vale, repite conmigo: yo, Emily Buenavista...

—Yo, Emily Buenavista... —repitió ella.

—... juro solemnemente que nunca jamás le hablaré a nadie, ni siquiera a mi mejor amiga, de esta misión secreta ni de ninguno de los secretos que me revelen en «la menta».

—¿«La menta»? ¿Qué menta?

Emily pensó enseguida en los chicles de menta, en el helado de menta e incluso en los caramelos de menta.

—«La menta» es como llamamos al lugar donde el gobierno fabrica el dinero —explicó la agente Pastosa—. Lo llamamos «menta» porque es un sitio muy goloso —añadió con una carcajada—. ¿Lo pillas? Perdona, era broma. En realidad lo llamamos así por el color de los billetes de cien euros. Bueno, ¿lo juras o qué?

—Sí, lo juro. Oigan, qué gracia —dijo Emily—. Trabajan en «la menta» y se apellidan Pastosa y Banquero. «Pasta» significa dinero y el banco es el sitio donde la gente guarda sus ahorros.

—Mira quién fue a hablar. Te llamas Buenavista y tienes un ojo en la punta del dedo.

—No he querido decir que fuera gracioso en plan *ja, ja* —se disculpó Emily—. Solo que me parece curioso. Bueno, ¿y qué quieren que haga?

—Antes, tengo que preguntarte una cosa —dijo la agente Pastosa—. ¿Te gusta el dinero?

—Sí, supongo que sí —reconoció Emily—. A todo el mundo le gusta, ¿no? Yo guardo el mío en una hucha de cerdito.

—Lo que quiero decir es si te gustaría tener montañas y montañas de dinero.

—Supongo.

—Pasta, plata, guita, parné, cuartos, fondos —continuó la agente Pastosa—. Hay muchas formas de referirse al dinero. Riqueza, patrimonio, posibles... ¡Me encanta! No hay nada mejor que mirar un buen montón de dinero. ¡Me chifla la sensación de dejar caer monedas entre los dedos! ¡Adoro coger grandes fajos de billetes de cien euros! ¡Me vuelve loca el olor! Me...

—Perdone, agente Pastosa —la interrumpió el agente Banquero—. ¿Podría ir directa al grano?

—Ay, sí, perdón. La cuestión es que a todo el mundo le gusta el dinero, pero hay una persona en «la menta» a la que le pirra.

—¿A qué se refiere?

—Pues que alguien lo está robando. No sabemos quién es ni cómo lo hace.

—Y quieren que yo les ayude a atrapar al ladrón, ¿verdad?

—Eres una niña muy inteligente —dijo la agente Pastosa—. Hemos pensado que ese ojito tuyo nos vendría bien para pillar al mangui. ¿Lo llevas contigo?

—Sí, claro —respondió Emily—. Va a todas partes conmigo. Está en mi dedo.

Emily empezó a sacarse la mano del bolsillo para mostrarlo.

—¡No, no! ¡Esconde eso! —exclamó el agente Banquero, tapándose los ojos con una mano.

—¿Qué pasa? —se extrañó Emily.

—Es un tanto impresionable —explicó la agente Pastosa.

—Pero si no da miedo —aseguró Emily.

—Por favor, no me lo enseñes de golpe y porrazo —suplicó el hombre—. Hazlo muy lentamente.

Emily sacó la mano del bolsillo muy despacio. El hombre fue abriendo los dedos poco a poco.

—Vale —suspiró—. Creo que ya me he acostumbrado a él. Puedes volver a guardarlo.

—Pero si solo es un ojo —protestó Emily—. Todo el mundo tiene ojos, ¿o no?

—Me da igual que sea una oreja, una nariz, una cabeza o un pie —replicó el agente Banquero—. Está en un sitio raro. Los ojos no deberían estar en los dedos. Me provoca escalofríos. Ay, perdona. Espero no haber herido tus sentimientos.

—No, no pasa nada —lo tranquilizó Emily—. Pero ¿no le parece que es una bobada tener miedo de algo que no le puede hacer ningún daño?

—Sí, tienes razón —reconoció el agente Banquero—. Vale, ahora te vamos a disfrazar y luego te explicaremos lo que queremos que hagas.

Durante los diez minutos siguientes, la agente Pastosa le pintó a Emily unas ojeras oscuras y unas líneas en la frente para que pareciera mayor. A continuación le puso una peluca. Incluso le añadió una especie de pasta en la cara que imitaba a las arrugas. Mientras tanto, el agente Banquero le explicaba a Emily su misión.

—Te harás pasar por barrendera. Te hemos disfrazado de adulta porque los niños no trabajan en la fábrica del dinero. Eres bajita para ser un adulto, claro, pero algunos adultos son muy bajitos.

—¿Y qué pasa con mi voz? —preguntó Emily—. Tengo voz de niña pequeña... porque eso es lo que soy.

—Tú procura mantener el pico cerrado. Si tienes que decir algo, grúñelo con voz grave. Y agacha la cabeza para que nadie te pueda ver la cara de cerca.

—¿Y qué tendré que limpiar?

—No tendrás que limpiar nada. Barrerás los billetes y las monedas que caen de las máquinas de fabricar dinero.

—No los tiran, ¿verdad? —quiso saber Emily.

—Por Dios, claro que no —se horrorizó la agente Pastosa. Al final del día, unas personas los clasifican. Pero, en realidad, lo que queremos que hagas es echar un vistazo a la gente y decirnos si alguien te parece sospechoso.

—Los puedes vigilar con el ojito de tu dedo. Así nadie se dará cuenta —añadió el agente Banquero.

Emily se puso el uniforme de barrendera encima de la ropa. Luego se miró al espejo.

—¡Qué fuerte! —exclamó—. ¡Parezco tan vieja como mamá! Ay, mamá, perdona.

—No pasa nada, cariño —respondió la madre de Emily.

—Vale —dijo el agente Banquero—. Ahora, pongamos manos a la obra.

«La menta» era un gran edificio sin ventanas. El agente Banquero y la agente Pastosa hicieron de guías turísticos. Antes de abrir las puertas, tenían que introducir un número secreto y luego usar una tarjeta especial de plástico que hacía las veces de llave.

Por fin, se detuvieron delante de una máquina gigantesca.

—¿Qué es? —preguntó Emily.

—Sirve para comprobar si alguien lleva dinero en los bolsillos —explicó el agente Banquero—. Cada mañana, cuando llegan los empleados de la fábrica, la agente Pastosa enchufa la máquina y los trabajadores tienen que pasar por dentro. A nadie se le permite entrar en «la menta» con dinero. Luego, al final del día, la agente Pastosa controla que todos vuelvan a pasar por aquí antes de salir.

—Entonces, en teoría, nadie puede sacar dinero de la fábrica —dijo Emily.

—No, pero alguien lo está haciendo —afirmó la agente Pastosa—. A ver si tú ves algo que nos ayude a averiguar lo que está pasando.

Dicho eso, la agente Pastosa le tendió a Emily una escoba y la acompañó a la zona donde se fabricaba el dinero.

Durante todo el día, Emily mantuvo la cabeza gacha mientras barría las monedas y los billetes que caían de las máquinas fabricadinero. Cogía el mango de la escoba de tal modo que pudiera mirar a las personas que tenía alrededor. Unas manejaban las máquinas. Otras conducían las carretillas elevadoras en las que se transportaba el papel que servía para fabricar los billetes. Las de más allá empujaban carritos cargados con bolsas de monedas. Todo el mundo parecía muy ocupado.

Cada vez que alguien saludaba a Emily, ella agachaba la cabeza y, con su voz más profunda, respondía:

—Hola.

Un par de veces, la agente Pastosa se acercó a preguntarle si había visto algo sospechoso.

—No —reconoció Emily.

—Tú tranquila —le dijo la agente Pastosa—. ¿Verdad que es divertido trabajar rodeada de tanto dinero?

—Pues la verdad es que no —contestó Emily—. No te lo puedes guardar ni lo puedes meter en una hucha de cerdito, así que no es demasiado divertido.

A la agente Pastosa, en cambio, le encantaba. Emily se lo notaba en los ojos.

Al final del día, todo el mundo pasó por la máquina detectora de dinero y se marchó a casa.

La agente Pastosa miraba fijamente una pantalla para comprobar que nadie se hubiera escondido dinero debajo de la ropa. No vio nada sospechoso.

—¿Ninguna pista? —le preguntó el agente Banquero a Emily.

—No, lo siento —se disculpó la niña—. Claro que no he podido mirar a todo el mundo al mismo tiempo, pero he hecho lo posible.

—Pues eso es lo que importa —le aseguró el agente Banquero—. Hoy, por desgracia, hemos vuelto a perder un montón de pasta. Por lo que parece, nos enfrentamos a un ladrón muy listo. Pero gracias por tu ayuda de todas formas. ¿Quieres que te lleve a casa?

Mientras charlaba con el agente Banquero, Emily, en secreto, observaba a la agente Pastosa con el ojito del dedo. La mujer apagó la máquina detectora de dinero. Su trabajo había terminado por aquel día. Cruzó la puerta y caminó hacia la calle tan contenta que prácticamente daba saltitos de alegría.

Emily respondió al agente Banquero:

—No, iré andando a casa. Me vendrá bien hacer un poco de ejercicio.

—Como tú quieras.

Emily siguió a la agente Pastosa calle abajo. Caminaba muy por detrás de ella para que la mujer no sospechara que la estaba siguiendo. En un par de ocasiones, la agente Pastosa se dio media vuelta y Emily tuvo que esconderse deprisa y corriendo detrás de un árbol.

Por fin, la mujer se desvió por un callejón y entró en una casa.

«Hum», pensó Emily. «Me parece que hemos llegado».

La casa parecía idéntica al resto de viviendas de la manzana, pero a Emily algo le olía a chamusquina.

«¡Ya sé qué es!», se dijo. «Las cortinas están echadas aunque todavía brilla el sol. ¿Qué estará ocultando?».

De golpe y porrazo, Emily oyó a alguien cantando. El canto procedía de una habitación que daba al jardín trasero de la casa. Caminó hacia allí de puntillas y oyó un extraño zumbido y un fuerte tintineo. El canto de la agente Pastosa sonaba cada vez más alto. He aquí lo que cantaba:

Adoro la pasta y la pasta me adora a mí.
Dinero, te quiero, mi amor es sincero.
Dinero, tu tinta yo noto en los dedos.
Dinero, dinero, ¡me haces feliz!

Emily colocó el dedo contra la ventana. Las cortinas estaban cerradas pero quedaba una rendija entre las dos partes. Por ese resquicio, Emily presenció la escena más alucinante que había visto en toda su vida. Allí, en el cuartito trasero de la casa, la agente Pastosa bailaba consigo misma. A su alrededor había ventiladores que levantaban billetes como hojas al viento. De vez en cuando, la agente Pastosa se agachaba, cogía un puñado de monedas y las echaba al aire.

«¡Así que ella es la ladrona!», pensó Emily. «Es ella quien maneja la máquina detectora de dinero, pero nunca se controla a sí misma. Cada día, debe de marcharse con una pasta gansa en el bolsillo».

Emily estaba tan concentrada pensando todo aquello que no se dio cuenta de que alguien se

acercaba por detrás hasta que la agarraron por el pelo y la obligaron a volver la cabeza.

—¡Te pillé, fisgona! —exclamó la agente Pastosa.

—¡Y yo también te pillé a ti! —replicó Emily—. Tú eres la ladrona, ¿verdad? Me has pedido que te ayudara a atrapar al ladrón solo para que nadie sospechara de ti.

La agente Pastosa miró a Emily con cara de pocos amigos.

—Tienes razón. Yo soy la ladrona —reconoció—. Ahora tendré que pensar qué voy a hacer contigo.

—No vas a hacer nada de nada. El agente Banquero apareció entre las plantas. Llevaba el móvil pegado a la oreja.

—La policía está de camino —dijo—. Suelta a la niña.

Casandra Pastosa se encogió de hombros y la soltó.

—¿Qué hace usted aquí? —le preguntó Emily al agente Banquero.

—Cuando he visto que echabas a andar detrás de la agente Pastosa, te he seguido. He pensado que te traías algo entre manos.

—Y tenía razón —asintió Emily—, pero no me he dado cuenta de que usted me seguía.

—Claro, porque los agentes especiales somos personas muy inteligentes —afirmó él—. Bueno, como mínimo, algunos lo somos.

Mientras decía eso, se volvió a mirar a la agente Pastosa.

—Tienes toda la razón. He sido una tonta —reconoció ella—. Sabía que antes o después me descubrirían. ¿Me has visto meterme dinero en el bolsillo con ese dedito tuyo, Emily?

—No —reconoció Emily—. Yo solo he visto a una persona que está loca por el dinero.

—Pero ¡si a todo el mundo le gusta el dinero! —se extrañó la agente Pastosa.

—En eso se equivoca —afirmó Emily—. A la mayoría de la gente nos gusta el dinero porque sirve para comprar cosas. No nos chifla del dinero porque sí. Amar el dinero no es nada bueno.

—Seguramente tienes razón —reconoció la agente Pastosa—. En fin, a veces se gana y otras se pierde. Supongo que esta vez he perdido yo.

—¡Desde luego que sí! —le aseguró la niña.

Y así terminó la aventura más capitalista de Emily.

6

EMiLY
Y EL VOLCÁN NEGRO

Emily y sus padres estaban pasando las vacaciones en una isla del océano Pacífico. Se alojaban en una cabaña muy pequeña hecha de bambú y hojas de palmera. La casita quedaba junto a una playa, al fondo de la cual, directamente del agua, asomaba un volcán. El cráter del volcán era negro y rocoso pero la parte de la falda que quedaba por encima del mar estaba cubierta de árboles y otras plantas.

—Qué canguelo —dijo Emily—. Es un volcán de verdad. Incluso sale humo del cráter.

—Estoy segura de que no hay ningún peligro —la tranquilizó la señora Buenavista—. Algunos volcanes echan humo durante cientos de años sin llegar a entrar en erupción.

Los Buenavista estuvieron nadando en las claras y cálidas aguas. Los padres de Emily habían llevado gafas de bucear y tubos para poder admirar el arrecife de coral. Emily prefería nadar y flotar boca arriba porque, con el ojito de su dedo, también podía contemplarlo. Con el capuchón de plástico puesto, veía debajo del agua tan bien como sus padres con el equipo de buceo. Había peces preciosos por todas partes.

De golpe y porrazo, Emily observó una forma oscura que nadaba entre el coral. Se pegó un susto de muerte. Cuando la figura se acercó, descubrió que era una niña y buceó hasta llegar a su altura.

—Hola —le dijo—. ¿Te molesta si te pregunto qué es esa cosa redonda que llevas en el dedo?

—Qué va. No me molesta nada de nada —respondió ella—. Mira, te lo enseñaré.

Emily levantó la mano y, cuando estaba a punto de quitarse el capuchón del dedo para enseñarle a la niña su ojito, ella exclamó:

—¡Hala! ¡Hay un ojo ahí dentro! ¡Tienes un ojito en la punta del dedo! ¿Qué hace ahí?

—Pues no sé —respondió Emily—. Está, sencillamente. Nací así.

—¿Y ves algo con ese ojito?

—Sí, igual que con

los otros dos —explicó Emily. Se quitó el capuchón y le enseñó el ojito a la niña.

—Es superextraño —dijo ella—. Ay, perdona por haber dicho eso.

—Pero si tienes razón: es superextraño. Me parece que soy la única persona de todo el mundo que tiene un ojo en el dedo.

—Pues a mí me parece... —empezó a decir la niña—. Me parece bastante guay tener un ojo en el dedo. ¿Cómo te llamas?

—Emily. Emily Buenavista. Pero todos me llaman Emily es Única.

—Te queda muy bien ese nombre. Es verdad que eres única —observó la niña y soltó una risita.

—Sí —reconoció Emily—. ¿Y tú cómo te llamas?

—Unaisi. Pero todos me llaman Una.

—¿Y Unaisi significa algo?

—Mi padre me dijo que significa «valiente», pero yo creo que solo significa Unaisi.

—¿Vives aquí? —preguntó Emily.

—Sí, en el pueblo. Está por allí —señaló Unaisi—. Antes, mi familia vivía en Ulunivanua Loaloa, pero tuvimos que marcharnos.

—¿Y eso dónde está?

—Allí —respondió Una señalando el volcán—. Significa «Montaña Negra». Salió roca líquida del cráter y todo el mundo se vino a vivir aquí. Fue hace mucho tiempo, cuando mis abuelos eran pequeños. Ven. Sé dónde están las conchas más chulas.

Durante los días siguientes, Emily y Una nadaron y jugaron juntas. Rodearon la barrera de coral con una pequeña canoa de remos. Una le enseñó a Emily cómo hacerse un sombrero con una hoja de palmera. Incluso la ayudó a atarse los tobillos con una cuerda para subir a un cocotero. Los padres de Emily se pusieron un poco nerviosos al verlo, pero no dijeron ni pío porque la palmera a la que trepó Emily se inclinaba sobre el mar. Si se caía, iría a parar al agua.

Una llevó a Emily al pueblo y le enseñó dónde vivía su familia. Le presentó a sus padres, a sus abuelos y a un montón de primos. Las dos niñas se lo estaban pasando genial.

De vez en cuando, el volcán negro rugía y desprendía una nube de humo.

Una mañana, tan temprano que Emily aún dormía, alguien le dio unos toques en el hombro.

—Emily, despierta —susurró una vocecilla.

Emily abrió los ojos y vio a Una.

—¿Una? —cuchicheó—. ¿Qué pasa?

—No pasa nada. Es que hoy es un día muy especial. Es el Día de los Antepasados.

—¿El Día de los Antepasados?

—Sí. Hoy recordamos a nuestros ancestros. Vamos a la isla donde vivía mi pueblo en el pasado. ¿Quieres venir?

—¿Y cómo llegaremos hasta allí?

—En canoas. Volveremos al anochecer. Pregúntales a tus padres si te dejan acompañarme. Me gustaría mucho que vinieras. Comeremos al aire libre. Será superdivertido.

—Claro. Voy a pedir permiso.

Aquella mañana, Emily zarpó con Una y sus gentes en quince largas canoas. Las aguas estaban en calma y todo el mundo, incluidas Emily y Una, se turnó para remar.

Pronto llegaron a la costa. De golpe y porrazo, se oyó una especie de trueno. Emily miró el cráter del volcán que tenían delante.

—¡Mira! —exclamó—. ¡Cuánto humo!

De repente, el abuelo de Una le gritó algo a Emily en su propia lengua. Una se acercó a su amiga.

—Emily, por favor —le dijo—. No te quedes mirando el volcán.

—¿Por qué no? —se extrañó Emily.

—Trae mala suerte —explicó Una.

—Es que he visto salir un poco de lava del cráter.

—No pasa nada, Emily. Eso ocurre muy a menudo. Mi abuelo dice que nadie debe volver la cara hacia el volcán.

—Pero ¿y si sale un montón de lava? Tendremos que marcharnos a toda prisa, igual que le pasó a tu pueblo hace años.

—Te parecerá una tontería, pero mi pueblo procura no mirar directamente al volcán. Además, mi abuelo es un anciano y hay que obedecerlo.

—Lo siento —se disculpó Emily.

—No pasa nada, Emily. Tú no lo sabías —dijo Una, y puso la mano en el hombro de su amiga—. Ven, te enseñaré dónde estaba nuestra aldea.

Una y Emily echaron a andar por un camino que discurría entre los árboles. La senda iba a parar a un campo.

—Mira —señaló Una—. Aquí estaban nuestras casas. Es un sitio muy bonito, ¿verdad?

Una vez más, sonó un trueno y la tierra tembló.

—Sí, es precioso —asintió Emily—, pero creo que estáis mejor en el pueblo... Lejos del volcán.

—Tienes razón, Emily.

Al cabo de un rato, los demás llegaron al prado. Unos cuantos niños sacaron un balón y se pusieron a jugar al fútbol.

Los adultos prepararon la comida y, al poco, todos se sentaron juntos y compartieron un verdadero banquete. Hablaban en su propia lengua, pero de vez en cuando cambiaban al inglés para dirigirse a Emily. Aquellas gentes eran muy simpáticas y estaban encantadas de tener una invitada. Sobre todo, una invitada con un ojo en la punta del dedo.

De repente, el abuelo de Una se levantó. Todo el mundo dejó de hablar.

—Ahora debemos guardar silencio, Emily —le susurró Una—. Hablará de nuestros antepasados y de los viejos tiempos. Lo hará en nuestra lengua.

—Me parece bien —respondió Emily.

Lo que no le parecía tan bien eran los rugidos y los temblores del Volcán Negro. Mientras el anciano pronunciaba su discurso, los rugidos se fueron

volviendo cada vez más amenazantes y los temblores cada vez más fuertes.

Emily estaba deseando que el abuelo de Una se callara de una vez para poder volver. El volcán la estaba poniendo de los nervios. También le habría gustado poder mirar el cráter para ver qué estaba pasando ahí arriba. Por desgracia, sabía que, si lo miraba, heriría los sentimientos de Una.

Una bandada de pájaros salió volando en dirección a la otra isla.

De repente, Emily recordó las palabras exactas de Una: «Nadie debe volver la cara hacia el volcán».

«Ya sé», pensó Emily y se cruzó de brazos. «Así, podré mirar la cima del volcán con el ojito del dedo. De ese modo lo tendré controlado sin volver la cara hacia él. Solo lo miraré con el dedo. Nadie ha dicho ni una palabra sobre los dedos».

Con su ojito, Emily observó las grandes nubes de humo negro que surgían del cráter. Se oyó una explosión lejana y unas cuantas rocas salieron disparadas por el aire. Una enorme lengua de lava brotó del volcán y empezó a bajar por la ladera.

—Tenemos que irnos —le susurró Emily a Una—. ¡El volcán ha entrado en erupción!

—No podemos volvernos a mirarlo, Emily —le recordó Una—. Mi abuelo aún no ha terminado de hablar.

—¡Una! —exclamó Emily—. No lo entiendes... ¡La lava se acerca hacia aquí! ¡Tenemos que marcharnos cuanto antes o moriremos!

—¡Chist! ¿Cómo lo sabes?

—Porque lo estoy viendo con mi ojito. La lava está descendiendo por la ladera del volcán. ¡Dentro de pocos minutos nos alcanzará y entonces será demasiado tarde!

—¿Lo estás viendo con tu ojo?

—¡Sí! Díselo a los demás.

Una se levantó y empezó a hablar en su propia lengua. Señaló el volcán, pero no lo miró. También señaló a Emily y a su ojito.

De repente, las madres y los padres empezaron a reunir a sus hijos. Todo el mundo echó a correr entre los árboles en dirección a las canoas. Emily oía el chasquido de las enormes piedras que bajaban por el bosque.

Cuando llegaron a la playa, llovían piedras que se estrellaban a su alrededor. Dos canoas fueron alcanzadas y se rompieron en pedazos. Luego, una enorme lengua de lava descendió por la colina, directamente hacia ellos.

Todos montaron en las canoas y remaron al límite de sus fuerzas. Los ríos de lava chisporroteaban al llegar al mar, justo detrás de ellos.

Al cabo de pocos minutos, las barquitas se habían alejado del volcán y se acercaban rápidamente a la otra isla. En la playa, un montón de gente observaba la montaña negra. Emily vio a sus padres, que parecían muy preocupados. Los saludó con la mano. Ellos sonrieron y le devolvieron el saludo.

Cuando llegaron a la playa, todo el mundo dejó de remar.

—¡Por los pelos! —exclamó Una.

—Ya lo creo que sí —dijo Emily casi sin aliento—. Todos estamos bien y eso es lo que importa.

—Si estamos bien, es gracias a tu ojito —afirmó Una.

—No, también estamos sanos y salvos porque has sido muy valiente —observó Emily.

—¿Valiente, yo? Qué va. Yo no soy valiente, para nada.

—Sí que lo eres —insistió Emily—. Has tenido el valor de levantarte y hablar aunque te habían ordenado que guardaras silencio. Creo que tu nombre sí que significa «valiente», al fin y al cabo.

Una se echó a reír.

—¿Me escribirás cuando vuelvas a casa, Emily? —preguntó.

—Claro que sí —le aseguró ella.

—Podemos escribirnos por correo electrónico —propuso Una—. Mi hermana tiene internet en el trabajo.

Y aquel fue el principio de una larga amistad.

ÍNDICE

¡NO TE PIERDAS SUS INCREÍBLES AVENTURAS!

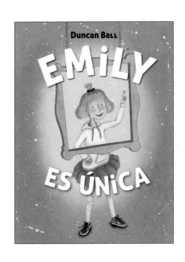

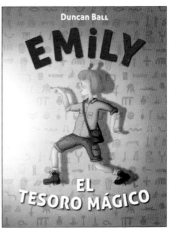